Georg Geilfus

Der Stadtrechtsbrief, welchen der Graf Rudolf von Habsburg im Jahre 1264 denen von Winterthur ertheilte: eine Festschrift zur 600jährigen Jubelfeier (22. Juni 1864)

Antigonos

Georg Geilfus

Der Stadtrechtsbrief, welchen der Graf Rudolf von Habsburg im Jahre 1264 denen von Winterthur ertheilte: eine Festschrift zur 600jährigen Jubelfeier (22. Juni 1864)

Unveränderter Nachdruck der Originalausgabe von 1864.

1. Auflage 2024 | ISBN: 978-3-38614-433-9

Antigonos Verlag ist ein Imprint der Outlook Verlagsgesellschaft mbH.

Verlag: Outlook Verlag GmbH, Zeilweg 44, 60439 Frankfurt, Deutschland, info@outlook-verlag.de
Vertretungsberechtigt: E. Roepke, Zeilweg 44, 60439 Frankfurt, Deutschland
Druck: Libri Plureos GmbH, Friedensallee 273, 22763 Hamburg, Deutschland

Rodolfus comes de Habsburch vniuersis xpi fidelibus ad quos presens scriptum preuenit
[…] Nouerint quod vniuersis et singulis euidens est quod hos omnibus nostre ville in Wintertur iura subscripta
monere ipse eandem villam sunt et a castro directe vsque ad ecclesiam sanctam gomnis et ab ecclesia vsque ad
melusa[?] prout cursus cellerarioz et quorundam aliorum qui dicuntur Hilarij abhinc manet per sou del[?]
possidetur. Item statuimus quod super omnibus illis bonis et possessionibus quibus attinet ius forense quod vulgo […]
seo ministro qui nunc fuerit in aber cuiuisq presentia statuit poti. Nec erit in scultetum seo ministrum cuius
cuius dicit presente ciuibus impetit super aliquo forefacto ex quo forsan apud ipsum erit aliquas accusiens v[…]
quicquid super hoc ab eisdem ciuibus fuerit sententia publica diffinitum Item nullus dicit ratione ciuessu[…]
deleret iuxta consilium ciuium suo iure. Item siluam dictam Eschilberch eo iure communi quod vulgo dicunt […]
eandem siluam infra metas predictas de quibus extenduntur ius fori succedere timuit[?] heres. Item quicumque ra[…]
et dominius non obstante plena habent et libera potestate. Item quia semuis predictam ciuitatem tunc diuisi[?]
semel in Anno videlicet in festo sancti Martini comiti libras exuere turrem et non amplius dare debent. Iusti[…]
onis pprie dicitur aruine nisia annui et dies unius quod nullo seruicio fuerit requisitus uno aliude m[…]
in cuiem recipe non debemus Item agra dari iam dictis ciuitatis nullius mentitur exhibit nisi qui fraude[…]
nuncupetur quod huic fuerit compellens. Item cum aliquem armata manu vulneraverit aut quinque libr[…]
pro dampno integrum emendabit. Item nostre voluntatis est quod castrum montis adiacens prestare ville minime […]
dapifer de Dissenhowen. B. de Vide. R. quidam Abrocaria in Virowenveleli Gnolaus de Triffperch. in[…]
successores firmiori permaneant nec uiolari possunt nec debeant in futurum presens arographum super hoc

Der Stadtrechtsbrief,

welchen

der Graf Rudolf von Habsburg im Jahre 1264

denen von Winterthur ertheilte.

———

Eine Festschrift
zur 600jährigen Jubelfeier (22. Juni 1864)

von

Georg Geilfus,

d. 3. Rector der höheren Stadtschulen.

. . . der Geschichte fehlt der Gegenwart Begränzung,
Die ganze Zukunft ist gefordert als Ergänzung.

Rückert.

Winterthur.

Buchdruckerei von S. Bleuler-Hausheer.

1864.

I.

Ehe Winterthur eine Stadt war.

Ein alter Geschichtschreiber unserer Stadt, einer der letzten Chorherren des Stiftes auf dem heiligen Berg, Laurenz Boßhart, welcher 1529 seine Chronik schrieb, erzählt uns über das Alter der Stadt Winterthur Folgendes:

„Winterthur ist von alten Zyten har ein mechtiger Fleth in der Graffschafft Kyburg gelegen in einem ebnen Feld, mit guten zwifalten gemurten Hüßeren, ein lustiger Siz des Adels der Graffen von Kyburg, fruchtbar mit Weingärten, Aeteren, Wisen und weß der Mensch geläben soll; dann da sind riche Geschlecht von Edlen und Burgeren gesin, die sich reblich an iren Herren, den Grafen von Kyburg gehalten, die auch ir Rät, Urteill und Recht in iren Händlen gesprochen hand. Winterthur hat vor vill Ziten ein Löwen gefürt in irem Schilt, nämlich den underen roten Löwen. Es ist ein großer Turn nebent dem heiligen Berg gestanden uff der Bühel-Wisen, glich an der Turnhalden, genempt der Win-turn. Der ward mit Gunst und Willen der genannten Graffen zerbrochen, etliche Hüßer mit denselben Steinen am Markt gemacht. Auch ist ein Schloß und mechtige Vesti uff dem heiligen Berg, da jezt Sannt Martins des Elteren Pfrundhuß stat, ward auch zerbrochen, gen Winterthur geführt, Hüßer am Markt uffgericht.“

Diese Anschauung ist die traditionelle geworden.

Der neueste Geschichtschreiber der Stadt, der sel. Herr Rector Troll, sagt im dritten Bande seiner Geschichte von Winterthur: „Wer auf dem Platze, der schon so lange Winterthur heißt, das erste Haus unter Dach gebracht, — dieß aufzufinden, bleibt unserer Wißbegierde für immer versagt.“ Wenn wir nun auch diesem Ausspruche aus voller Ueberzeugung beipflichten, so können wir uns doch den Versuch nicht versagen, ein Bild von den Zuständen zu entwerfen, in welchen sich Winterthur befand, bevor es in den Rang einer Stadt erhoben wurde.

Die Grafen von Kyburg, denen die Landgraffschaft im Thurgau zustand, waren eines der ältesten und mächtigsten Dynastengeschlechter der heutigen Schweiz und beherrschten seit alter Zeit ein weites Gebiet, welches den größten Theil des Ostens vom heutigen Kanton Zürich umfaßte. Später als Lenzburgisches und Zähringisches Erbe an sie gefallen war, reichte ihre Gewalt weit nach Süden bis an die Grenzen von Glarus und der freien Marktgenossen von Schwyz, über einen großen Theil des Aargau's bis tief in das burgundische Land. Selbst als Hartmann, der ältere [1], seinem Brudersohne Hartmann, dem jüngeren, das Land in Burgundien und Alles, was sie an Gut und Leuten zwischen der Reuß und Aare besaßen sammt Zug und Arth abgetreten hatte, waren seine eignen Besitzungen immer noch groß genug, daß er zum Heil seiner Seele reiche Vergabungen an die Kirchen von Strasburg, Constanz, St. Gallen, Paradis und Catharinenthal machen, und daneben die Lust zu erben in seinen beiden Neffen, Hartmann, dem jüngern, und Rudolf von Habsburg, dem nachmaligen deutschen Könige, bis zu einem Grade steigern konnte, der ihn für den Fall seines Todes mit quälendem Mißtrauen erfüllte. Ein andrer Theil seines Besitzes reichte hin, seiner geliebten Gattin Margaretha ein überreiches Witthum zuzusichern, welches nicht minder die Mißgunst seiner Neffen erregte, als die kirchlichen Vergabungen [2]. Ging ja doch seine Angst soweit, daß er seine Gattin nach seinem Tode förmlich unter den Schutz des Bischofs von Constanz stellte und zwar gegen Angriffe und Beleidigungen (invasiones et insultus), welche er von Seiten der Edlen, Hartmann, des jüngern, und Rudolfs von Habsburg, fürchtete [3].

In der Herrschaft dieser mächtigen Grafen von Kyburg liegt die Gegend, wo heutzutage die Stadt Winterthur steht. Die ältesten Niederlassungen, welche wir in dieser Gegend nachweisen können, sind die in dem Stadtrechtsbriefe Rudolfs von Habsburg erwähnten Höfe der Keller und Huber, welche das österreichische Urbar, Officium Winterthur, nennt: „ze Winterthur und darume" als der Herrschaft eigen, vier Kelnhöfe und neun Huben [4]. Diese Höfe bildeten unter sich eine Hofgenossenschaft, welche, weil sie auf dem Grund und Boden der Herrschaft Kyburg gelegen, derselben zu gewissen Leistungen an Diensten und Abgaben verpflichtet war. Die Besitzer derselben sind denn auch die Bauleute, d. h. Bauern (coloni), von welchen spätere

---

[1] Zur Orientirung setzen wir hierher die Genealogie einiger Generationen der Grafen von Kyburg, die in der Folge in Betracht kommen:

Hartmann v. Kyburg, verm. mit Richenza von Lenzburg, der Erbtochter, um das Jahr 1172.

1

Ulrich v. Kyburg † 1227.

1	2	3	4
Hartmann, der ältere. († 27. Wintermonat 1264). Vermählt mit Margaretha von Savoyen, der Tochter des Grafen Thomas I.	Werner v. Kyburg. Scheint in Burgdorf residirt zu haben. Starb in Palästina i. J. 1228 oder 1229.	Heilwig. Die Mutter Rudolfs v. Habsburg, des nachherigen Königs.	Ulrich. Bischof von Chur.
	1	1	
	Hartmann, der jüngere. († 3. Herbstmonat 1263). In erster Ehe vermählt mit Anna v. Raprechtswile, die ihm einen Sohn Werner gebar, der frühzeitig starb. Aus einer zweiten Ehe mit Elisabeth v. Burgund entsproß eine Tochter: Anna, die sich mit Graf Eberhard v. Habsburg-Laufenburg verheirathete.	Rudolf v. Habsburg.	

[2] Vergl. die Urkunde vom 29. Brachmonat 1259, Geschichtsfreund IV. p. 273 nebst den Anmerkungen dazu. Auch bei Kopp Urkunde II. p. 97.

[3] Vergleiche die vorhergehende Urkunde.

[4] S. Kopp Gesch. d. eidg. Bde. II. p. 629. Anm. 6.

Urkunden [1] reden. Einen gemeinschaftlichen Mittelpunkt fanden diese Höfe in dem Fronhofe, d. h. in dem Hofe des Grundherrn, welcher auf dem „Vorbühel" des heiligen Berges lag und in einer förmlichen Burg (castrum) bestand, wo der Grundherr nebst seinen Dienern und Knechten nicht selten zu wohnen pflegte und der unter seiner unmittelbaren Aufsicht und Fürsorge stand.

Die Höfe bestanden zunächst aus den Wohnungen und den Oekonomiegebäuden der freien oder unfreien Insassen, ferner aus Ländereien, welche in begrenzter Ausdehnung jedem einzelnen Hofe zugemessen waren und theils in der nächsten Nähe des Hauses, theils aber auch in einiger Entfernung von demselben lagen. Die Abgaben, Geld und Naturalien, wurden sowohl von Häusern als von Grundstücken entrichtet nach genau vorgeschriebenen Ansätzen [2]. Die Dienste, sogenannte Frondienste, bestanden meistens in Feldarbeit, welche die Hofbesitzer auf dem Fronhofe zu verrichten hatten. Außer dem besonderen Besitzthum, welches einem jedem Hofe zugetheilt war, gab es noch ein gemeinschaftliches Besitzthum, welches entweder durch die Art der damaligen Feldwirthschaft vorübergehend entstand, oder als gemeinschaftliches Gut, Gemeinmerche oder Gemeinwerk, förmlich ausgeschieden war. In die erste Kategorie fielen die Felder, welche in zusammenhängender Strecke, Zelg, von allen Besitzern mit der gleichen Cultur bepflanzt wurden, und dann brach lagen. Während der Brache wurden sie dann als gemeinsame Viehweide benutzt [3]. Als eine „Allmend" der zweiten Art, vielleicht mehr durch Gewohnheit, als rechtliche Zuerkenntniß entstanden, glauben wir den Eschenberg ansehen zu sollen, von welchem die Urkunde Rudolfs von Habsburg sagt, sie sei anerkanntermaßen von Alters her ein Gemeinmerche gewesen (quem ad modum hactenus ab antiquo fuisse dinoscitur).

Der Fronhof zeichnete sich nicht nur durch die größere Ausdehnung seiner Güter, seiner Wirthschaftsgebäude und durch das Schloß des Grundherrn aus, er war auch der gerichtliche Mittelpunkt für die Hofgenossenschaft. Von dem Fronhofe aus gingen die Urtheilssprüche, durch welche die Streitigkeiten unter den Hofgenossen entschieden wurden; im Fronhofe versammelten sich die Hofgenossen zu den regelmäßigen Hofgerichten, welche unter freiem Himmel gehalten wurden, um unter dem Vorsitze des Grundherrn oder seines Stellvertreters nach des Hofes Rechtssatzung das Recht zu finden und über die Frevel (geringere Vergehen) zu urtheilen; im Fronhof mußten die Hofgenossen ihre Lehen empfangen und Aenderungen in ihrem Besitzstande der Genehmigung ihres Herrn oder seines Stellvertreters unterbreiten, die allein aufgegebene Güter oder Leistungen weiter zu vergeben berechtigt waren [4]. Die erhöhte Macht der Grafen von Kyburg, die ihnen als Landgrafen des Thurgau's zustand, als welche sie auch über das Blut und die schweren Verbrechen zu richten hatten, sowie der erweiterte Besitzstand, der ihnen durch das Lenzburgische und

----

[1] Z. B. die des Bischofs von Constanz, die weiter unten zur Sprache kommen wird.

[2] Siehe unten den Auszug aus dem Kyburger Urbar.

[3] In der alten Dorfoffnung von Oberwinterthur, welche ich in einer Abschrift von 1623 vor mir habe, welche aber weit Aelteres enthält, findet sich die Stelle: „Uff St. Gallen Tag söllen all wisen offen sin und wer bawider thut, der ist ein freuel verfallen". Und weiter oben: „wau das Riet ist ein recht gemeinwerk den von Wisendangen und Oberwinterthureren".

[4] Daher erklärt es sich, daß in den Urkunden Hartmanns, des älteren, der Ausstellungsort in der Regel mit „bei Winterthur" (apud Winterturo) bezeichnet wird; vide Herrgott, Geneal. Habsb. II. p. 325. 326. Hier im Fronhofe befand sich auch der Notar des Grafen, wie aus einer Urkunde des Jahres 1249 hervorgeht: acta sunt hæc in domo Friderici notarii nostri in monte sancto apud Winterturu. Herrgott.

Zähringische Erbe zugefallen war, gehören nur insofern hierher, als durch dieselben der Glanz der grundherrlichen Hofhaltung wesentlich gehoben wurde; denn dieser war es zunächst, welcher den Grund zu einer Neugestaltung der Verhältnisse im Gebiete der alten Höfe legte. Dürfen wir hierher zuvorderst die Erbauung einer neuen Burg auf jenem Vorhügel des heiligen Berges zählen, so müssen uns doch neue Ansiedlungen von besonderer Art als die wichtigeren erscheinen. Im großen Gebiete der Kyburgischen Grafen wohnte viel ritterbürtiger Adel, von welchem die meisten selbst Grundherren waren und auf ihrem kleineren oder größeren Besitzthume grundherrliche Rechte übten, die in der sogenannten niederen Gerichtsbarkeit bestanden. Seit es dann Sitte geworden war — und das geschah schon sehr frühe — daß die großen Grundherren, bei denen die Landeshoheit war, ihre Hofhaltung nach der Weise des königlichen Hofes einrichteten und die hier üblichen Aemter auch an ihrem Hofe einführten, so wählten die Grafen von Kyburg, wie dies anderwärts der Fall war, diejenigen, welche sie mit den Diensten um ihre eigene Person betrauten, aus diesen ritterbürtigen Geschlechtern, ihren Vasallen. Daher ist es abzuleiten, daß wir in den Urkunden so oft auf die Titel Truchseß (dapifer), Schenk (pincerna) u. a. m. stoßen. Gehörte es ja doch zu den wesentlichen Erfordernissen für das öffentliche Auftreten der mächtigen Oberherren, daß sie an der Spitze eines glänzenden Gefolges einherzogen, sei es, um in den Krieg oder an den königlichen Hof zu ziehen, sei es, um an den verkündeten Stätten das höchste Gericht, den Blutbann, zu üben. Diese Hofdiener der Grafen (ministeriales) siedelten sich allmälig in der Nähe des Fronhofes an, um des Dienstes leichter pflegen zu können, und diesem Umstande ist es dann wieder zuzuschreiben, daß zwischen den ersten Ansiedelungen jener Hofbesitzer sich allmälig Wohnsitze der ritterbürtigen Geschlechter der Umgegend erhoben. Dadurch aber, daß diese sich auf den Grund und Boden der Grafen ansiedelten, geriethen sie in einen höhern Grad der Abhängigkeit von denselben, indem sie, die auf ihren eigenen Gütern selbst die niedere Gerichtsbarkeit übten, für diese neue Ansiedelung in die niedere Gerichtsbarkeit der Grafen kamen; eine Einbuße, für welche sie sich durch ihre Stellung am Hofe des Herrn einstweilen entschädigt halten mochten. Neben diesen neuen Ansiedlern fanden sich, wie aus den gesteigerten örtlichen Bedürfnissen schon zu schließen ist, neue Landbauern, Kaufleute[1] und vielleicht auch Handwerker[2] ein. So wuchs

---

[1] Daß hier von eigentlichen Kaufleuten, die mit Waaren handeln, die Rede ist, vergl. Maurer Gesch. der Fronh. II p. 316 und 317. Im Uebrigen vide Urkunde von 1180, auf welche wir noch mehrmals zurückkommen werden.

[2] Die Handwerker, die wir nach Maurers Geschichte der Fronhöfe ꝛc. II. auf den landesherrlichen Fronhöfen treffen, mögen für des Grafen Dienst auf dem Oberhofe (curtis principalis) Kyburg angesiedelt gewesen sein, um welchen her die Verhältnisse sich ähnlich gestaltet zu haben scheinen, bis es von Winterthur überholt wurde. Welch enger Zusammenhang überhaupt zwischen Kyburg und Winterthur stattfand, zeigt uns die Offnung der Burgeren von Kyburg, die wir „aus dem rechten, alten Original abcopirt und 1646 wieder collationirt" vor uns haben. Da heißt es:

„Item füro sind die Burger zu Kyburg gefrigt, welcher daselbst Burger ist, daß dieselben Burger ze Winterthur dheinen zol nit geben sollent, sy kauffend oder verkauffend, welcherley sy wollent in irn Hüsser; sy mögent haben sechszehn Ußburger, dieselben mögent auch kauffen alb verkauffen ohn zol in irn Hüsser. Auch mag ein Burger zu Kyburg umb syn Schuld einem Gast zu Winterthur verbieten, beßglychen ein Burger zu Winterthur einem Gast zu Kyburg verbieten.

Item beßglychen so soll keiner von Winterthur dheinen Burger von Kyburg verhaften noch verbieten, Er werde dann zu Kyburg rechtlos gelauffen. Und Aehnliches mehr.   (Aus Schultheiß Sulzers Sammlung.)

Auch hier haben wir es sicherlich mit weit älteren Verhältnissen zu thun.

allmälig eine dorfähnliche Genossenschaft (villa) hervor, zahlreich genug, daß man darauf denken
mußte, die religiösen Bedürfnisse derselben zu befriedigen, und dies geschah nicht ohne Begünstigung
des Grafen Hartmann (des ersten unserer Stammtafel); denn die Capelle, welche gebaut wurde,
ward nicht nur mit Zehnten in ihren Einkünften (intuitu dotis) gesichert, sondern auch später
durch den Grafen nicht ohne beträchtliche Opfer von der Mutterkirche losgekauft[1]. In dieser
Loskaufungsurkunde, welche 1180 von Bischof Bertold von Constanz ausgestellt ist, stoßen wir
zum ersten Mal auf einen Namen, in welchem die neuentstandenen Ansiedelungen als ein Ganzes
zusammengefaßt sind, und welcher den neuen Ort „niderun Winterture“ im Gegensatz zu „oberun
Winterture“ nennt. Zwischen dem Leutpriester von Oberwinterthur und dem Grafen war nämlich
ein langer Streit entstanden über die Frage, ob die Bewohner von Niederwinterthur fortan, wie
bisher, nach Oberwinterthur kirchgenössig seien, oder ob sie eine eigene kirchliche Gemeinschaft bilden
sollten. Um die letztere Ansicht unter der Vermittelung des Bischofs von Constanz durchzuführen,
versteht sich Graf Hartmann dazu, die Pfarrkirche von Oberwinterthur mit der Schenkung zweier
Güter in „arlinchovan (Erlen?) und limperg“ für die Einbuße im Umfange ihres Sprengels
zu entschädigen. Selbst der Bischof erhielt den sechsten Theil der Burg Weinfelden, mit welcher
er dann wieder den Grafen belehnte. Zu dem neuen kirchlichen Verbande gehörten jedoch nur die
Ministerialen des Grafen (ministeriales), die Kaufleute und ihre Familien (mercatores cum sua
familia) und diejenigen Bauern, welche von jeher den Vergabungszehnten an die Capelle entrichteten
(quosdam colonos, qui decimas intuitu dotis capelle . . . ab antiquo persolverunt). Die übrigen
„Huber und Schuhposser“ blieben in hergebrachter Weise bei der Kirche von Oberwinterthur.
Daß zur Zeit des Abschlusses dieses Vertrages an eine weitere Entwicklung und Erweiterung der
villa Niederwinterthur gedacht wurde, geht unzweifelhaft daraus hervor, daß in der gleichen Urkunde verordnet wurde: „Wenn aber jener Ort durch Zuwachs des Volkes einen Acker oder eine
Wiese mit Wohnhäusern besetzt, so sollen die Kaufleute oder Bauern, die in denselben wohnen,
unzweifelhaft zur Mutterkirche (Oberwinterthur) gehören“[2]. Die Capelle wurde nach ihrer Ab-
trennung, wie es scheint, der Gegenstand frommer Pflege ihrer Kirchgenossen; sie erweiterte sich
nach und nach zur ansehnlichen Pfarrkirche, denn, wie Schneller, der Herausgeber des Jahrzeit-
buches der Kirche von Winterthur, berichtet, geht aus dem Urbar des Klosters Töß hervor, daß
schon 1264 die Pfarrkirche in Winterthur, so in Grund verbrunnen, wiederum sollte erbauen
werden[3].

Schon in dieser Zeit, wo Winterthur zu einer villa herangewachsen war, mag sich der
Graf durch die eingetretene Erweiterung und Mannigfaltigkeit in der Verwaltung genöthigt gesehen
haben, für die Ausübung seiner Rechte und für den Bezug der Gefälle einen oder zwei Schul-

---

[1] Siehe Urkunde von 1180 (Stadtarchiv Winterthur). Unter den Ministerialen des Grafen, welche
dabei Zeugen waren, erscheinen: hainricus de winterture et filius suus Ruodolfus, et frater suus choun-
radus. Geschichtsfreund IX. p. 197.

[2] In der gleichen Urkunde: Sin autem excrescente inibi populo locus ille vel agrum vel pratum
domorum mansionibus occuparet, sive mercatores sive coloni inibi habitantes matrici ecclesie indubi-
tanter pertinerent. „Dieser Kirchgang gen Oberwinterthur hat gewähret bis Anno 1482, da er um 200 fl.
Rhynisch abgekauft worden.“ (Goldschmid handschriftl. Chronik 1765.)

[3] Siehe Geschichtsfreund XIV., Jahrzeitbuch der Laurenzenkirche von Winterthur. Diese Notiz findet
sich schon in der Sammlung des Schultheißen Joh. Sulzer.

theiße über dieselbe zu setzen [1]. In dieser Bestellung von Beamten, die sich mit den speciellen Angelegenheiten von Winterthur zu befassen hatten, liegt der erste Anfang zur Begründung eines selbstständigen Gemeinwesens. Denn wenn auch ganz richtig ist, was der sel. Herr Rector Troll sagt [2], daß diese Schultheiße anfangs nur der Grafen auf Kyburg gehorsame Diener und Befehls- vollzieher, Stadtammänner waren und zuweilen im Gerichte ihre Stellvertreter; so war doch durch die Creirung der Schultheißenwürde, die hier, wie anderwärts vielfach bewiesen werden kann, wahrscheinlich nur aus den Gliedern der Hofgenossen und nicht der Ministerialen besetzt wurde, der erste Schritt zur Selbstverwaltung gethan. Hob sich nämlich der Schultheiß durch die ihm zuerkannte Würde über seine Genossen auf der einen Seite empor, so gehörte er doch wieder durch seine Interessen benselben ganz an und konnte auf diese Weise bei gegebener Gelegenheit gerade die ihm übertragene Gewalt für die Bewahrung und Erweiterung der Hofrechte in die Wag- schale werfen.

Was wir oben von dem sich steigernden Glanze in der Hofhaltung der kyburgischen Grafen gesagt haben, erhält in dieser Periode auch dadurch einen Beweis für den Fronhof bei Winterthur, daß um diese Zeit [3] das Chorherrenstift auf dem heiligen Berg gegründet wurde, welches dem Hügel seinen Namen gab. Wie Laurentius Boßhard, der, ein Glied dieses Stiftes, mit den Verhältnissen desselben wohl vertraut sein mußte, erzählt, verlegte man das Begräbniß der Grafen gerade in diese neu gegründete Kirche [4]. Nehmen wir Bedacht auf die Zeit, in welcher dieß geschah und in welche die Herrschaft Friedrichs II. von Hohenstaufen fällt, der die Kräfte

---

[1]. Daß an unzähligen Orten neben dem einen grundherrlichen Beamten noch ein zweiter vorkam, der einen andern Namen trug, darüber vergleiche man: Maurer Gesch. der Fronh. ꝛc. II. § 384. Es sei mir erlaubt, hier eine Vermuthung auszusprechen. Bei Erwähnung der ältesten Schultheißen stößt man oft auf die Bezeichnung: „Schultheiß am Ort (in loco)“ und „Schultheiß underm Schopf (sub porticu)“; man glaubte bisher, es hier mit einem Familiennamen zu thun zu haben und mit einem Beisatze zur Unterscheidung der einzelnen Familien- zweige. Allerdings mag dieses für spätere Zeiten passen, wo ehemalige Amtstitel wirklich zu Geschlechtsnamen geworden sind. Ich vermuthe, daß wir es hier mit zwei coordinirten Aemtern zn thun haben, von denen dem einen der Vorsitz im Orts-, d. i. Hofgericht, zustand, während das andere sich mit dem Bezug der grundherrlichen Gefälle zu befassen hatte. Jenes bekleidete der Schultheiß am Ort, dieses der Schultheiß unterm Schopf. Das Wort „porticus“, welches durch „Schopf“ übersetzt ist, bezeichnet noch im Mittelalter (siehe Maurer) einen bedeckten Gang und dürfte im vorliegenden Falle eine Art Verkaufshalle bezeichnen, unter welcher Getreide, Fleisch und andere Dinge verkauft wurden. (In dem Freiburger Stadtrechtsbrief von 1120 kommen in diesem Sinne Lobiae = Lauben vor.) Wie wir nämlich weiter unten sehen werden, bezog der Graf von Kyburg Einkünfte von Fischteichen, von dem Getreidemaße, von den Fleischbänken, vom Zoll, von den Wirthshäusern, von den Häusern, von den Tischen der Marktverkäufer und von der Münze; überdieß eine große Menge von Naturalien. Der bei uns vorkommende Geschlechtsname „Weinmann“ bezeichnete ursprünglich eine von dem Fronhofe ausgehende Beam- tung, welcher die Aufsicht über die Verwirthung des Weines zustand. (A. scultetus in einer Urkunde von 1230 im Archiv für Schweizergesch. V. 292.)

[2] Gesch. der Stadt Winterthur V. 81.

[3] Nach Troll's Geschichte der Stadtkirche von Winterthur im Neujahrsblatte der Stadtbibliothek von 1837 hält man das Jahr 1237 für das Gründungsjahr. Als Gründer werden genannt: Ulrich, Graf von Kyburg, Bischof in Chur, und sein Bruder Hartmann, der ältere.

[4] „Es ist ein grab uff dem heiligenberg gesin, baruffstund ein langs todtencreuz in stein gehawen und geschrieben: Ulrich, ein graff von Kyburch und kein jahrzahl darby und darby ein ander grab. sind beyde erhept mit großen Grabsteinen, uff dem andern grabstein was ein Frow, die ein kelch in jr hand hat, gebildet, und vill geschrifft darumb uff diß Meinung: hic ligt begraben Richenza von lenziburch, die geboren hat Hartmanum von Kyburch (?). (Laurenß Boßhards geschriebene Chronik.)

des Reichs für seine blutigen Kämpfe in Italien erschöpfte und dadurch jenen Zustand innerer Unsicherheit, das Interregnum mit seinem Faustrechte, herbeiführte, so wird es uns wahrscheinlich, daß damals die villa Winterthur mit Mauer und Graben umgürtet wurde, theils zu eignem Schutze, theils aber auch, um einen sichern Waffenplatz zu gewinnen, wo der Graf erforderlichen Falles größere Streitmassen aus seinem unmittelbaren Gebiete zusammenziehen konnte. So wurde Winterthur zu einem befestigten Platze (oppidum). Mit dieser Umwandlung der äußeren Verhältnisse scheint auch eine innere eingetreten zu sein, welche zunächst darin bestand, daß die Schultheißenwürde ein Amtlehen wurde und der Graf den unter seiner Oberleitung stehenden Einwohnern die Vertheidigung des Platzes im Nothfalle überließ.

Fassen wir am Schlusse dieses Abschnittes die gewonnenen Resultate zusammen, so finden wir, daß der ummauerte Platz Winterthur, welcher allmählig sich aus einer Hofgenossenschaft gebildet hatte, in der Mitte des dreizehnten Jahrhunderts von Leuten bewohnt war, die nach ihrem Range hauptsächlich in zwei verschiedene Klassen sich schieden, die Ministerialen des Grafen, welche als Nichthofbesitzer von den Hofgerichten, d. i. der Leitung der gemeinschaftlichen Angelegenheiten, ausgeschlossen waren und dieses Recht nur durch die Erwerbung eines Hofes erlangen konnten, und den Hofgenossen, die als solche schon jenes Recht besaßen und deren Zahl durch Ansiedelung neuer Bauern über die ursprüngliche sich nicht unbeträchtlich vermehrt hatte [1]. Wir haben ferner darauf zu achten, daß obwohl Winterthur durch seine Ummauerung und die eigne Schultheißenwürde einen gewissen Grad von einem abgeschlossenen Ganzen erlangt hatte, es doch immer noch im hofrechtlichen Verhältnisse zum Fronhofe stand, indem die Hofgenossen, wie aus dem unten angeführten Urbar [2]

---

[1] Nach Troll (Gesch. der Stadt Winterthur) fällt die Errichtung der Herren- und der Rebleutstube in diese Zeit. Beide sind aus der Sitte entstanden, nach welcher die gleiche Interessen Verfolgenden sich gesellschaftlich zusammenthaten. Ueber das Wesen der erstgenannten Gesellschaft gibt der Name hinlänglichen Aufschluß. Was die zweite betrifft, so bezeichnet das, was Goldschmid 1763 schreibt, ihr ursprüngliches Wesen am treffendsten: „Alle diejenigen Burger, welche Schuppisgüter ererben oder erkaufen und der gesellschaft nicht einverleibt sind, sind schuldig . . . sich einzuverleiben". Auch Freiburg im Br. hatte seine Herren- und seine Bürgerstube, siehe Ersch und Gruber Encykl. Art. Freiburg.

[2] Urbar von Kiburch 1261—63, herausgegeben von G. von Wyß im Archiv für Schweizergeschichte XII. p. 168 (zuerst abgedruckt in der Sammlung des lit. Vereins von Stuttgart):

Isti sunt reditus Comitum de Kiburch Winterture et in confinio.

Winterture infra muros reddit annuatim de officio Sculteti libras XXVI, Solidi XIII cum denariis IIII. Ad hoc pertinet census piscinarum, mensuracio frumenti in foro et carnificium officia. De theloneo libr. XVIII. Taberne libras XII, vini pseumas II. Census de domibus libr. X et solid. IIII et gallin VI. De mensis vendencium in foro libr. IIII. De moneta libr. IIIL. Summa istorum libr. LXXIIII sol. XVIII cum denariis IIII. Item Winterture sunt mansus XV qui reddunt tritici modios XCI, cervisias XV, ad quorum quemlibet pertinent avene maltera $II^1/_2$, spelte modii II, tritici quartalia II, avene quartalia II. Item mansus predicti reddunt porcos XV, quilibet denariorum libram I, oves XXX quilibet valens denarios XVIII. De cultura ante portam superiorem tritici mod. LXIII cum quartali, leguminis mod. V. De lino clobi XL. De pratis ibidem tritici mod. XXIX. De hortis tritici mod. XX. De hortis novis et veteribus XXXIII mod. tritici cum quartali $1^1/_2$. Iste defectus erit in mansis: tritici quartalia II per totum, et est defectus tritici mod. XII cum quartali I qui de fossato in Winterture. Pomarium quoddam tritici modium I. Ager super Bruole tritici quartalia VI, ager Sigbotten (?) tritici modium I. De domicilio cere libr. IIII. Venatores de nemore libras cere II. De silva super Limperg cere libr. II. Item quedam domicilia ferramenta equorum CC; pro illis dantur libra I et solidi V.

Hervorgeht, die althergebrachten Abgaben an den Grundherrn zu leisten hatten. Aber mit Allem dem war zugleich die Möglichkeit gegeben, den engen Kreis der Selbstständigkeit zu erweitern und die eine weitere Entwicklung hemmenden Schranken zu durchbrechen.

Inferius molendinum tritici mod. XIIII, porcum valentem libram I. Molendinum an Steige porcos XII omnes valentes libr. VII$^1/_2$. Wingartin tritici mod. IX, siliginis mod. IX, leguminis mod. VI. Limperg tritici mod. V$^1/_2$. Item Limperg tritici mod. IIII, avene maltera II, porc. I, solid. X. . . . .
. . . .
Eschaberg tritici mod. XVIII, avene maltera VII, porc. X. quilibet solid. V, insuper I (porc.), solid. X, pro lino solid. V. (Ein späteres Urbar in der Sammlung von Schultheiß Sulzer).

II.

Wie Winterthur eine Stadt wurde.

Bevor wir in der Schilderung der weiteren Entwickelung von Winterthur fortfahren, müssen wir uns hier in's Gedächtniß rufen, daß die Zeiten, wo die kaiserliche Macht mit der päpstlichen im Kampfe auf Leben und Tod lag, wo die Hohenstaufen gegen die stolze Kraft der italischen Städte ankämpften, besonders günstig waren für die Entwickelung des Bürgergeistes der deutschen Städte, welche, als die schönste Blüthe des deutschen Völkerlebens, nach und nach durch Kampf und glückliche Benutzung der Umstände einen hohen Grad von Freiheit, Selbstständigkeit und Macht erlangten. Das sind die Zeiten, wo an den Ufern der Nordsee im Volke der Stedinger der Drang entstand, die alte germanische Volksfreiheit, die durch Lehenswesen und Kirche zu Grunde gegangen war, wieder herzustellen; die Zeiten, wo die drei Waldstätten unsers Alpengebirges von Friedrich II. (1240) jene Urkunde für ihre Reichsfreiheit erhielten, welche fortan die Grundlage und das Ziel ihrer Bestrebungen bildete; wo die Dithmarschen unter der scheinbaren Oberherrlichkeit des Erzbischofs von Bremen ihren alten Freistaat wieder aufzurichten im Stande waren. In diese Zeit und ihre nächste Folge fällt die Entwickelung Winterthurs zu einem städtischen Gemeinwesen. Ob sie durch Kämpfe zu diesem Ziel gelangte, ist nicht zu bezweifeln. Liegt es ja doch in der Natur der Sache, daß Jeder ein Recht (und wenn es selbst ein vermeintliches wäre), das er aufgeben soll, nur gezwungen preisgibt. Uebrigens melden auch unsere geschichtlichen Ueberlieferungen von Kämpfen, die die Winterthurer gegen den Grafen von Kyburg, ihren Grund- und Landesherrn, führten.

Der ältere Thurm der Grafen war verfallen und „wenn die Schlösser zerfallen, wachsen die Städte." Die Winterthurer verwendeten die Steine des zerfallenden Herrenhauses mit Erlaubniß des Grafen, um innerhalb der Stadt neue und feste Häuser aufzuführen[1]. Der neue Thurm, der sogenannte Windthurm, wurde von den Winterthurern zerstört. Warum? Weil ihnen von daher viel Ueberdrang geschehen. Worin dieser Ueberdrang bestand, das wissen wir nicht anzugeben,

---

[1] Vergl. Troll Gesch. der Stadt Winterthur V. 2. Der schon angeführte Chronist Goldschmid will die aus dem genannten Material erbauten Häuser noch gesehen haben. Er sagt: Diesere Häußer sind noch dermahlen an den kröpfichten Quadersteinen zu erkennen, als da sind zum Exempel das Rothhaus ꝛc." siehe oben Laurentius Boßhard am Eingange dieser Schrift.

wenn wir nicht mit Herrn Rector Troll denselben in dem erften Aufflobern der Freiheitsliebe der Bürger von Winterthur erkennen wollen, die felbft in dem Althergebrachten allmälig Unerträgliches fühlen mußte. Strebten die Bürger wirklich nach größerer Unabhängigkeit, fo mußte es ihnen zunächft um den Befitz eines eignen Gerichtsftandes zu thun fein, und der bisherige lag außerhalb ihrer Mauern. Auch mögen die neu regulirten Abgaben [1] nicht diefem erwachten Freiheitsfinne entfprochen haben. Indeffen haben wir nicht nöthig, uns allein auf dem Boden allgemeiner Vermuthung zu bewegen. Wir haben oben der zärtlichen Fürforge erwähnt, mit welcher Graf Hartmann, der ältere, auf die ftandesgemäße Subfiftenz feiner favoyifchen Gemahlin Margaretha bedacht war. Schon 1230 fchenkte er der neuvermählten Gattin zur Morgengabe (donum propter nuptias) zahlreiche Güter und Gefälle, unter andern auch das Dorf Veltheim mit dem Kirchenpatronate, Knechten und Mägden. Wegen diefes in der Nähe von Winterthur gelegenen Befitzthums mußten einige Minifterialen des Grafen und einige Bürger von Winterthur neben Hörigen des Aargaus der Gräfin Treue und fchuldige Dienftleiftung fchwören [2]. Kann nicht gerade aus dem Umftande, daß hier die Bürger neben Leibeignen (servi) den gleichen Eid leiften mußten, Grund zu einer Unzufriedenheit jener mit ihrem Grundherrn gefolgert werden? Aber noch mehr; Veltheim ftand unter dem Herrn von Regensberg, gehörte alfo nicht in den Dienftkreis der Angehörigen des Grafen von Kyburg und deßhalb haben wir geradezu eine Vermehrung der Dienftleiftung vor uns, da die Befchirmung der Gräfin in diefem Befitzthum nach dem Inhalte der Urkunde als eine neue Pflicht der Bürger gefolgert werden darf. Aber es ift des Ueberdrangs noch mehr nachzuweifen. Nehmen wir das Streben der Winterthurer nach größerer Selbftftändigkeit als eine wenn nicht hiftorifch nachweisbare, doch immerhin nicht bloß vermuthete Thatfache an [3], fo mußte den Bürgern kein Zeitpunkt günftiger erfcheinen, langgehegte Wünfche zu verwirklichen, als der Tod des kinderlofen Grafen. Da gefchah es aber, daß der Graf all fein Eigen und alle feine Lehen, alfo auch Winterthur, der Kirche zu Strasburg fchenkte und fie wieder als Lehen empfing [4]. Die an ein nie ausfterbendes Regiment, wie das der Kirche, übergehende Landeshoheit und Grundherrfchaft konnte den Bürgern nur fehr ungelegen fein. Aber die Abtretung Hartmanns gefchah

---

[1] Siehe Urbar von Kyburg.

[2] Archiv für Schweizergefchichte V. 293, Urk. 1230:

Sub hac etiam forma iuramenti quidam de ministerialibus comitis antedicti et F. notarius ipsius et quidam de civibus de Winterture, et servi de Argowia fidelitatem et debitum servitium predicte comitisse firmiter promiserunt. Sunt autem hec nomina ministerialium. G. dapifer et D. pincerna. G. de Ozzingen. H. de Wurminhusin. C. et Wal. P. H. fratres de Slatte. R. et H. fratres de Adelincon. C. et I. fratres de Winterture. B. et Ulr. frater ipsius. Nomina civium. A. scultetus. C. et R. fratres sui. C. Liubeherze. H. et Her. fratres Scornin. R. filius Vormari. Vol. Gluria. R. et C. fratres Bletan. B. Her. R. fratres filii conpatris. W. teloniator. C. Cherlinch. Wir fetzen diefe Namen ausdrücklich hierher, theils um auf den erften urkundlichen Schultheißen aufmerkfam zu machen, theils um einen Beweis zu geben, daß die Schultheiße nicht aus den Minifterialen des Grafen gewählt wurden.

[3] 1260 war Dießenhofen durch Hartmann, den älteren, zur Stadt erhoben worden, was gewiß nicht ohne Wirkung auf die von Winterthur blieb, fiehe Kopp Gefch. der eidgen. Bünde II. 603. Außerdem fpricht die Abfchrift der alten Freiheiten von Dießenhofen, die weiter unten citirt wird, von Rechten, welche Hartmann, der erfte unferer Genealogie, 1178 der villa Diezinhofin einräumte, alfo faft im gleichen Jahre, wo die Winterthurer Capelle felbftftändig ward.

[4] Archiv für Schweizer-Gefchichte V. 294, Urk. von 1244.

unter der gewöhnlichen Formel, mit allem und jedem Zubehörde [1]. Konnte da unter den allgemein aufgezählten Wäldern nicht auch der Wald Eschenberg gemeint sein, welchen die Bürger von Winterthur von Altersher als ihr „Gemeinmerche“ anzusehen und zu benutzen gewohnt waren [2]? Und diese Befürchtung, sie hatte Grund; denn im Jahre 1253 vergabte der zärtliche Graf Hartmann, unter Zustimmung seines Neffen Hartmann, des jüngern, seiner Gemahlin geradezu den Wald Eschenberg zu einem Leibgedinge und sprach die Drohung aus, daß Jeder, der es wagen würde, die Gräfin an der Ausübung ihres Rechtes zu hindern oder zu beschweren, in den Bann des Papstes und des Bischofs von Constanz fallen sollte. Die zu diesem Behuf angefertigte Urkunde wurde in Kyburg ausgestellt und unter den Zeugen figuriren neben Hugo, dem Grafen von Montfort, nur ritterbürtige Ministerialen des älteren Hartmann. Der Umstand, daß in dem Stadtrechtsbriefe unmittelbar nach dem Marktrechte (jus fori), nach welchem die Bürger strebten, gerade der Wald Eschenberg aufgeführt und als ein „Gemeinmerche“ anerkannt wird, führt uns darauf, daß die Verfügung des Grafen, welche vielleicht längere Zeit geheim gehalten werden konnte, die Unzufriedenheit der Winterthurer mächtig gesteigert haben muß. Der im rudolfinischen Briefe enthaltene Ausdruck „anerkanntermaßen“ (dinoscitur) läßt auf eine genaue Untersuchung der Winterthurer Ansprüche und auf einen richterlichen Spruch schließen. Je bereitwilliger später diese Ansprüche anerkannt wurden, desto tiefer mußte vorher die Unzufriedenheit greifen, welche Hartmanns Vergabung hervorrief. So mag es denn gekommen sein, wie Tschudi berichtet [3]: „Deß genannten 1264. Jars, als Graf Hartmann von Kiburg, der Elter, vast alt und übelmögend was, furend die von Winterthur zu, und brachend Im sin Burg allernächst ob der Statt Winterthur, zwüschend dem heiligen Berg und der Statt gelegen“. —

Hatte auch Graf Hartmann durch die Schenkungsurkunde an das Stift zu Strasburg (1244) die Herrschaft und das Eigenthumsrecht seiner Besitzung dieser Kirche übergeben, so hatte er sich doch vorbehalten, daß er, ohne Verletzung jener Bestimmung, unabhängig vom Bischof und seinem Capitel, mit den vergabten Besitzungen frei, wen er wolle, weiter belehnen könne [4]. Von diesem Vorbehalte Gebrauch machend, trat der Graf vor den Landtag und übertrug alle seine Lehen, mit Ausnahme derer, die er vom Gotteshause St. Gallen trug, an seinen Neffen Rudolf von Habsburg [5], welcher alsbald herbeizog, um die Gewaltthat der Winterthurer zu bestrafen. Die

---

[1] In der soeben angeführten Urkunde: cum hominibus, castris, civitatibus, oppidis, villis, piscariis, aquis, aquarum decursibus, pratis, pascuis, silvis, nemoribus, agris, terris cultis et incultis etc.

[2] Siehe die Urkunde bei Kopp II. p. 93, 2. Christmonat 1253:

uxori mee nomine Margarete nemus dictum Escaberg nomine dotalicii, quod vulgo Lipgedinge appellatur, libere assignavi ita quod post mortem meam, cum in castro Mörsperc moram aliquo tempore habuerit, ipsa videlicet ac tota ipsius familia in castro et in suburbio secum ibidem commoranti in predicto nemore ad comburendum, etiam ad edificandum secanda ligna plenam et liberam habeat potestatem. — Und weiter unten: excommunicatione domini papae et domini Constant. episcopi.

[3] Tschudi, Schweizer Chronik I. 165.

[4] Archiv für Schweizer-Geschichte V. 295, Urk. von 1244.

Et ut de predictis omnibus, vel singulis eorum, disponendi vel ordinandi seu transferendi in personas utriusque sexus, quascumque voluerimus prefato episcopo et suis successoribus et capitulo suo etiam inrequisitis habeamus liberam potestatem, nec ab ipsis valeat contradici.

[5] Kopp, Gesch. der eidgen. Bünde II. 628.

Winterthurer aber „ergabend sich an sin Straff und müstend Im grosse Besserung tun" [1]. Aber Rudolf, dem es darum zu thun war, in dem neu ihm zugefallenen Besitzthum festen Fuß zu fassen, dessen scharfem Blicke es nicht entgehen konnte, wie Winterthurs Lage in der Mitte der Grafschaft Kyburg die Stadt zu einem guten Waffenplatze mache; Rudolf, welcher damals sich mit den großartigsten Planen zunächst auf die Erweiterung und Befestigung seiner Macht trug, verständigte sich noch vor dem Tode Graf Hartmanns [2] mit den Bürgern von Winterthur, ließ ihre Bestrebungen und Ansprüche prüfen, und ertheilte ihnen die in seinem Stadtrechtsbriefe enthaltenen Rechte. Mag es im Ganzen richtig sein, daß der spätere König Rudolf nicht gerade ein Freund der Städte genannt werden kann [3], soviel ist und bleibt unumstößlich, daß er in seinen eigenen Landen und überall, wo Freigebigkeit und Freundlichkeit seine Zwecke fördern konnten, dieselben im vollsten Maße walten ließ. Winterthur bietet ein prägnantes Beispiel dar; Rudolf wurde der Begründer seines Gemeinwesens, welches, wenn auch unter habsburgischer Landeshoheit stehend, sich in Recht und Verwaltung von nun an frei entwickeln konnte. Dafür waren denn auch die Bürger der Stadt dem neuen Herrn dankbar, und ihre Enkel dürfen mit Dank auf den Mann zurückblicken, welcher ihrer Vaterstadt den Weg öffnete, einzutreten in den Kreis der Städte, denen die große Aufgabe zugefallen war, durch die selbstständige Verwaltung ihrer Angelegenheiten, durch die selbstständige Pflege des Rechtes und des Gerichtes vor allem Volke das Banner der bürgerlichen Freiheit zu entfalten und zu wahren.

Die Wohlgewogenheit, welche Rudolf gegen die Bürgerschaft (civitas im Stadtrechtsbriefe) hegte, war mit der ersten Stadtrechtsurkunde noch nicht erschöpft. Freudige Hoffnungen mochten die von Winterthur erfüllen, als Rudolf, zum römischen König gewählt, am 28. Oct. 1273 aus den Händen des Erzbischofs Engelbrecht die deutsche Krone empfing und nicht unwahrscheinlich ist es, daß unter dem Kriegsvolke, mit dessen Hülfe der neue König sein Ansehen und seinen Landesfrieden durchzuführen suchte, unter dem Banner der Grafschaft Kyburg auch die Bürger von Winterthur sich befanden, welche gewiß keinen Augenblick versäumten, sich ihrem königlichen Herrn in der That dankbar zu erweisen. Ebenso wahrscheinlich ist es, daß die Winterthurer den ersten Zug Rudolfs wider König Ottokar von Böhmen mitmachten, wo Ottokar sich scheinbar unterwarf, nachdem König Rudolf Kärnthen, Krain und Steyermark ihm entrissen hatte, da der Böhme sie widerrechtlich dem Reiche entfremdet. Diese Dienste [4] und nicht die Schlacht auf dem Marchfelde [5], wo Ottokar im verzweifelten Kampfe den Tod fand, sind es hauptsächlich, deren Rudolf in seiner

---

[1] Tschudi. Vgl. Collectanea Helvetica Bernhardi Lindoweri, Pastoris Vitodurani (1563—1581). Lindauer sagt nach Stumpf: „Bald übergab der Graff die Stat Graf Rudolffen von Habspurg, der nöthiget sy, daß sy barfür (Buße) geben mußte und schonet man des Adels des viß zu Winterthur, und wenig Handwerksleuht darunter."

[2] Dieser starb am 27. Wintermonat 1264.

[3] Man vergleiche Hagen, Reden und Vorträge, p. 38 ff.

[4] Diese Dienste können jedoch auch auf Unternehmungen gehen, welche Rudolf noch als Graf von Habsburg machte, wo er heftige Kriege zu führen hatte, mit Savoyen wegen des Witthums Margarethens, das Rudolf an sich riß, und wegen des kyburgischen Erbes in Burgund, das Peter von Savoyen an sich bringen wollte, mit Leuthold von Regensberg, mit dem Bischof von Basel u. s. w., siehe Kopp, Geschichte der eidgenössischen Bünde II. 2. 276 ff.

[5] Sie fand erst 1278 am 25. August statt. Man vergleiche, was Troll über diesen Hergang schreibt. Geschichte der Stadt Winterthur V. 8. Es ist keine „mörderische" Schlacht bekannt, als die auf dem Marchfelde.

nenen Urkunde von 1275 gedenkt, in welcher er der Stadt neue Freiheiten verleiht und vorzüglich den Unterschied zwischen Edlen und Bürgern dadurch aufhebt, daß er diese jenen gleichstellt. Dieser Brief lautet also [1]:

„Künig Ruodolf von Roma von gottesgnaden kündet allen getrüwen des heiligen riches dien bises briefes habe geoget wirt [2] sine genade und alles guot. Unser genade dunket billich das wir üns naigin genediklich gegen der betlicher Begirde die üns lopt und empfilt usgenommenliche getrüwer dienst mit stetem willen. Wan nu bis offenbar ist an unsern lieben getrüwen burgerren von wintertur, so hain wir dur ir bitte inen bise genade und bisü reht und bis frihait gesezzet und gegeben, die hie nach geschriben stant.

„Dü erste genade, die wir inen gegeben und gesezzet hain, ist das sü nach eblr lüte sitte und rehte lehen suln empfahen und haben und ander belehennen nach lehensreht [3].

„Dü ander genade die wir inen gesezzet und gegeben hain, dü ist das wir gebietin unseren erben swenne und swie bike dü kilche ze wintertur ledig werde, das sü niemanne lihen wan ainem priester der mit gswornem aibe sich binde, das er uf der kilchun inne ze wintertur sizze mit rehter wonunge.

„Dü dritte genade ist, die wir inen gesezzet und gegeben hain, das dü lehen dü su hant von der herschefte von kiburg suln ir tochteran erben als ir süne ob da enkain sun ist [4].

„Dü vierde genade ist die wir inen gesezzet und gegeben hain, das sü niender zu rehte stan suln wan vor ir rehtem schulthaissen und reht vorberan suln und nemen ob sü wen vor ainem jeklichem Richter [5].

„Dü fünfte genade ist hie wir gesezzet und zu rehte hain gegeben, hette ir bekeiner ain lehen vom ainen ebeln man er si ritter oder kneht der dasselbe lehen von der herschefte von kiburg hat, und derselbe ebel man stirbet ane erben, so sol er das-

---

[1] Siehe Bluntschli, Staats- und Rechtsgeschichte von Zürich, I. 490 u. 491.

[2] Die diesen Brief gesehen haben werden.

[3] Im fasc. 22 der Manuscripte unserer Bibliothek p. 25 und bei Kopp, Urkunden I. p. 23 kommt in einer Urkunde, welche Rudolf von Habsburg 1277 den Bürgern der Stadt Luzern gab, die ähnliche Stelle vor: „ut more nobilium et militum Imperii feodorum capaces esse possitis.“ In einem andern Briefe, den er vorher (1275) den Bürgern von Breisach gegeben hatte: præterea supradictis civibus de Brisaco ex libertate regia concedimus, ut possint habere foëuda et possidere secundum consuetudinem feudorum.“ Schöpflin, Cod. Dipl. V. 261.

[4] Im Aarauer Stadtrecht, welches ich in einer Abschrift (fasc. 22 p. 38 der Manuscripte unserer Bibliothek) fand, fast wörtlich gleich.

[5] Fast wörtlich gleich im Aarauer Stadtrecht.

ſelbe leßen von niemanne anderem han wan von der herſcheſte, und ſol enkaine unſer erbe gewalt han dasſelbe leßen niemanne anderm ze lißinne[1].

Dü ſechste genade iſt die wir inen geſezzet und gegeben hain, das ſü ein jeklichen vogtman ze Burger mugen emphahen alſo das er dem herren diene nach der vogtaig reßt[2]."

Durch die in dieſer Urkunde erweiterten Rechte und Freiheiten, durch welche die Gleichheit der Edlen und Bürger, die Lehensfähigkeit der Bürger, die Erbberechtigung ihrer Kinder und die Mehrung der Gemeindegenoſſen durch Aufnahme von Vogtleuten gewährt wurde, war ausgeſprochen, daß die Bürger von Winterthur fortan als freie Leute betrachtet werden ſollten und dieſes Geſchenk der Freiheit war es, welches die Bürger von Winterthur in den ſpäteren Schlachten des Hauſes Oeſterreich, gleich wie die Bürger anderer habsburg=kyburgiſchen Städte, mit ihrem Herzblute bezahlten. Wie hoch durch die Freigebigkeit Rudolfs die Stadt Winterthur in den Augen der Zeitgenoſſen dieſer Verleihungen geſtellt wurde, das beweist am Beſten der Umſtand, daß ihre Rechte und Freiheiten dem Stadtrechte zu Grunde gelegt wurden, welches am 4. März 1283 Aarau erhielt, daß das Winterthurer Stadtrecht in ſeinem ganzen Umfange (1296) auf die Stadt Mel= lingen übertragen wurde, und daß es (1299) von Mellingen auch auf die Stadt Surſee überging[3].

[1] Aehnlich im Aarauer Stadtrecht.
[2] Ebenfalls im Aarauer Stadtrecht.
[3] Siehe Kopp, Geſch. der eidgen. Bünde II. 661, Anm. 1.

III.

Der Stadtrechtsbrief Rudolfs von Habsburg.

Rudolf, Graf von Habsburg, entbeut allen Christgläubigen, zu welchen diese Schrift gelangen wird, seinen Gruß mit der Verkündigung des hier unten Verzeichneten:

Die Thaten der Edeln und Großen würden mit der Länge der Zeit in den Brunnen der Vergessenheit gerathen, wenn nicht durch das Mittel der Schrift, wie von weisen Männern zu geschehen pflegt, diese Gefahr beseitigt wird.

Darum sei Allen und Jeden hiemit kund und zu wissen, daß wir den Bürgern unserer Stadt Winterthur aus besonderer Gnade folgende Rechte gewähren, welche wir auch stets gehalten und gewahrt wissen wollen.

Es ist demnach unser Wille, daß Alles, was von dem äußern Walle der obern Stadt oder des ihr zunächst gelegenen Theils, welcher gewöhnlich die Vorstadt genannt wird, bis zu dem Schlosse, welches vordem auf dem Berge nahe bei derselben Stadt lag, und von dem Schlosse in gerader Richtung bis zur Kirche des heiligen Berges, und von dieser Kirche bis zu dem Brunnen, der da heißt Wibebrunnen, und von demselben Brunnen weiter hinab bis zu dem Uebergang über das Wasser, der da heißt „Dietsteg“, und von da der Grenze der Wiesen und Gärten folgend bis zurück zur Grenze des oben bezeichneten Walles eingeschlossen ist, inbegriffen [1] die Höfe der Keller und einiger Anderer, welche die Huber genannt werden, von nun. an fürderhin das Marktrecht besitzen sollen mit allem Rechte, welches der genannten Stadt Winterthur zusteht. Ebenso soll unter dem gleichen Rechte gänzlich verbleiben, was von unserm Eigengute um bestimmten Zins im Besitze der Leute ist, welche innerhalb der bezeichneten Grenzen seßhaft sind [2].

---

[1] In einer im Stadtarchiv liegenden und im Geschichtsfreund XIII. p. 247 (dat. 11. Hornung 1381) abgedruckten Urkunde wird ein Acker beschrieben, der „gelegen bi der straffe die da gat in den Eschaberg, stossect . . . . vnd ze ber | britten siten an den Düppweg“ (noch heutzutage Dietweg).

[2] Kopp übersetzt „praeter“ mit „ausgenommen“, und folgt dabei der ältesten Uebersetzung, die wir in einem Vidimus Herzog Albrechts I. von 1297 noch besitzen. [Später findet sich in einem andern (vide Tom. VII. der Statuten) das Wort „one“. Kammerer Füßli von Beltheim, „ein in der Sprache des mittlern Zeitalters sehr erfahrener Mann“, hat in seiner Uebersetzung dieses Briefes „praeter curias“ übersetzt „nebst den Höfen“. „So muß es auch nothwendig übersetzt sein, weil die bemelten Höfe zum Voraus Marktrecht hatten.“ (Urkundensammlung des Schultheißen Joh. Sulzer v. W. 1759).] Ich folge dieser von Troll adoptirten Interpretation.

[3] Aehnlich im Aarauer Stadtrecht.

Auch verordnen wir in Hinsicht auf alle jene Güter und Besitzungen, denen das jus forense, gemeiniglich das Marktrecht genannt, angehört, daß, wenn etwa ein Streit irgend welcher Art über dieselben angeregt würde oder sonst entstehen sollte, daß Niemand anderswo zu Recht stehen soll, als vor Uns oder Unsern Nachfolgern, welche die vorgenannte Stadt besitzen werden, und vor dem Schultheißen oder Ammann derselben Stadt, welcher bannzumal sein wird, in Gegenwart der andern Bürger. Auch soll zum Schultheißen oder Ammann derselben Stadt Niemand gewählt oder zugelassen werden, es sei denn, daß mit allgemeiner Zustimmung [1] der Bürger einer aus ihnen gewählt würde, der weder Ritter ist, noch zur Würde eines Ritters befördert werden soll.

Ebenso haben wir verordnet, daß, wenn der Herr genannter Stadt einen Bürger wegen einer Gewaltthat beschuldigt, um welche dieser etwa bei ihm verklagt oder verleumdet wird, der Herr in der genannten Stadt Winterthur in Gegenwart der Bürger und des offenen Gerichtes nach Inhalt der Anschuldigung die Schuld oder Unschuld des angeklagten Bürgers allda unverkürzt untersuchen lassen und sich damit begnügen soll, was von denselben Bürgern darüber in offenem Spruche beschlossen worden ist.

Ebenso soll kein Herr nach Vorschrift eines gewissen Rechtes, welches gewöhnlich der Fall genannt wird, nach dem Tode irgend eines, der innerhalb der oben genannten Grenzen seßhaft ist, die Güter des Verstorbenen ansprechen; es wäre denn, daß er einen Eigenmann hätte, der keinen Nachkommen oder Erben hinterläßt; dann soll er sein Recht üben nach dem Rathe der Bürger [2].

Ebenso überläßt er genannter Stadt fürderhin zum Nießbrauch den Wald, Eschenberg genannt, nach dem allgemeinen Rechte, so gewöhnlich Gemeinmerche heißt, gleichwie dies anerkanntermaßen von Altersher gewesen ist.

Ebenso soll kein Herr aus Grund der Eigenschaft, welche er gegen seine Eigenleute hat, erbfähig sein für die Güter derselben, welche in den zuvor beschriebenen Grenzen liegen und auf welche das Marktrecht sich erstreckt [3].

Ebenso haben Alle, welche sich an genanntem Ort niedergelassen haben, volle und freie Gewalt, sich ehelich zu verbinden, Männer mit Weibern und umgekehrt, wo es ihnen nur immer gefällt, und auch ihre Söhne und Töchter, wohin sie nur wollen, in rechtmäßiger Ehe zu verheirathen, ohne daß die Ungleichheit des Standes oder der Herrschaft ein Hinderniß wäre.

Ebenso, weil wir wissen, daß die genannte Stadt in Folge einer Erbtheilung einiger Güter, die von unsern Vorfahren gemacht worden ist, hundert Pfund zu bezahlen schuldig sind, so haben wir für alle Zeiten festgesetzt, daß die Leute, welche innerhalb der Grenzen derselben Stadt wohnen, uns und unsern Nachfolgern einmal im Jahre, nämlich am Feste des heiligen Martin, als Steuer zu geben verpflichtet sind Ein hundert Pfund Zürcher Münze und nicht mehr. Ueberdies sollen die Aemter, sowie auch die Gerichte derselben Stadt uns und unsern Nachfolgern zustehen.

---

[1] So übersetze ich de communi consilio civium und berufe mich auf die Analogie im Stadtrechte von Dießenhofen, aus welchem beim lateinischen Texte die einschlägige Stelle angeführt ist. S. u.

[2] Im Freiburger Stadtrechte bei Schöpflin: Burgensis habens dominum cujus fatetur esse proprius . cum moritur . uxor ejus predicto domino nihil dabit.

[3] Dem Inhalte nach gleich im Aarauer Stadtrecht.

Ebenso ist Jeder, welcher am vorgenannten Ort Bürger ist oder sein wird, wenn er von seinem Herrn in der Heimat, dem er als Eigenmann angehört, binnen einem Jahre und einem Tag um keinerlei Dienstleistung angesprochen wird, von diesem Zeitpunkt an in Zukunft nicht mehr gehalten, einem Herrn zu dienen, außer dem, der die vorgenannte Stadt in stetem Besitze hat[1], mit dem Beifügen jedoch, daß wir keinen als Bürger aufnehmen sollen ohne die Einwilligung dessen, der über die schon genannte Stadt die Landeshoheit im Besitz hat.

Ebenso soll Keiner der schon genannten Stadt von dem Wohlwollen seines Herrn ausgeschlossen sein[2], als der, welcher einen Betrug und bedeutenden Wortbruch oder einen Todtschlag begangen hat, welcher einen andern geblendet oder an andern Gliedern verstümmelt hat, oder welcher das schreckliche Verbrechen verübt hat, das man gemeiniglich Mord nennt, oder ein anderes von irgend welcher Benennung, das diesem gleichkommt.

Ebenso, wer einen Andern mit bewaffneter Hand verwundet, der bezahlt entweder fünf Pfund, oder er verliert die Hand zur Sühne[3]; wer aber andere Ungesetzlichkeiten oder Frevel thut, die durch das Gericht gebessert werden müssen, der soll entweder eine Buße von drei Pfund bezahlen, oder ein ganzes Jahr lang die Stadt meiden[4].

Ebenso ist unser Wille, daß das bei besagter Stadt liegende Schloß auf dem Berge niemals wieder hergestellt werden soll.

Dafür sind Zeugen: Konrad von Tengen, Kuno von Teufen, Heinrich von Humlikon, Edle. Johannes von Blumenberg, Ulrich von Hettlingen und sein Bruder, Herr Truchseß von Dießenhofen, Ba. von Wyden, R. ehemals Vogt von Frauenfeld, Nikolaus von Girsperg, Ritter; und noch viele Andere, deren Namen weggelassen sind, um nicht Ueberdruß zu erregen.

Damit aber das, was wir der vorgenannten Stadt oder ihren Bürgern, die daselbst wohnen, in Gnaden verwilliget haben, nicht nur bei Uns, sondern auch bei Unsern Nachfolgern ewiglich und stät verbleibe, und in alle Zukunft weder verletzt werden kann, noch soll, haben wir ihnen diese Urkunde übergeben, welche mit unserm Siegel bekräftigt ist.

Also geschehen im Jahre des Herrn 1264; an den 10. Kalenden des Juli; in der 7. Indiction[*].

---

[1] Aus dem alten Grafschaftsrechte von Kyburg; vergl. Zürcherische Staats- und Rechtsgeschichte von Bluntschli I. p. 199. Gleich wie im Stadtrechte von Aarau, mit Ausnahme des letzten Passus, der im Aarauer Stadtrechte lautet: „doch sun sie enhein zu burger entfahen, der kriech in die statt brengit mit Jme".

[2] D. h. aus der Stadt verbannt werden. Der Aarauer Brief sagt: „Ouch han wir ihnen gesezzet und zu rechte gegeben, wer ihres Herrn Huld verlieret, der soll besserun nach den besserunge beren die zu Rhufelden, zu Kolmar und alber in andern frien Stetten stat"

[3] Im Aarauer Stadtrecht ganz gleich.

[4] Die Aarauer Urkunde fügt hier hinzu: „und soll man ihn in die statt nit nehmen, er habe alre erst drü pfund gegeben zu besserunge".

[*] Diese Angabe ist nach dem altrömischen Kalender; auf unsere Zeitrechnung reducirt, liefert sie den 22. Juni. Eine alte deutsche Uebersetzung des Briefes findet sich in einem sogenannten Vidimus Herzog Albrechts I. von 1297, der im hiesigen Archiv liegt und bei Herrgott Geneal. Habsburg. II. p. 385, wo das Datum auf den 10. Juli angegeben ist, weil der römische Kalender nicht berücksichtigt wurde. Beide Uebersetzungen geben den Text mehr dem Inhalte, als dem Wortlaute nach. In die gleiche Categorie gehört auch die deutsche Version, welche Schultheiß und Rath von Winterthur denen von Mellingen geben, als diese, welche die gleichen Rechte wie Winterthur von Oesterreich erhalten, um Mittheilung des Stadtrechtes bitten (1297). Letztere findet sich bei Bluntschli Staats- und Rechtsgeschichte von Zürich I. 488 ff.

Der lateinische Text dieser Urkunde lautet folgendermaßen:

Rudolfus, comes de Habsburch, universis christi fidelibus, ad quos presens scriptum pervenerit, salutem cum notitia subscriptorum. Gesta Nobilium et magnorum in oblivionis puteo processu temporis ingerentur, nisi per scripture medelam, sicut a prudentibus est previsum, tale periculum tolleretur. Elucescat igitur universis et singulis evidenter, quod Nos civibus nostre ville in Wintirtur jura subscripta pro gratia speciali tenenda statuimus perhenniter et servanda, volentes, quod universa, que ab exteriori vallo superioris loci seu suburbii, quod volgo dicitur vorstat, usque ad castrum quondam super montem prope eandem villam sitam, et a castro directe usque ad ecclesiam sancti montis, et ab ecclesia usque ad fontem, dictum Widebrunnen, et in descensu ab eodem fonte usque ad aque transitum, dictum Dietsteg, et abinde per ambitum pratorum et hortorum usque in superioris predicti valli terminum resupinum sunt inclusa, preter curias Cellariorum et quorundam aliorum, qui dicuntur huobarii, abhinc in antea jus fori debeant obtinere, cum omni jure ville dicte wintirtur attinendo. Nec non sub eodem jure permanere debet, quicquid de predio nostro pro censu determinato ab hominibus infra predictas metas residentes possidetur. Item statuimus, quod super omnibus illis bonis et possessionibus, quibus attinet jus forense, quod volgo dicitur marchrecht, si forsan super eisdem questio mota vel suborta fuerit aliqualis, nullus debet alias, quam coram nobis, vel nostris successoribus, qui villam predictam possidebunt et coram eiusdem ville Sculteto seu ministro, qui tunc fuerit, in aliorum civium presentia stare juri. Nec etiam in scultetum seu ministrum eiusdem ville quisquam debet eligi vel admitti, nisi de communi consilio civium unus ex eis eligatur, qui nec sit miles, nec ad gradum debet militie promoveri [1]. Item ordinavimus, quod, si quemquam predictorum civium dominus prefate civitatis impetit super aliquo forefacto [2], pro quo forsan apud ipsum erit aliquis accusatus, vel etiam infamatus, hujus impetitionis tenore in jam dicta villa wintirtur coram civibus et judicio denudato culpam vel innocentiam civis accusati debet idem dominus ibidem plene cognoscere, contentus, quicquid super hoc ab eisdem civibus fuerit sententia publica diffinitum. Item nullus dominus ratione cuiusdam juris, quod in volgari dicitur val, post decessum aliquorum infra metas predictas residentium bona mortuaria debet exigere, nisi servum haberet, qui nullum superstitem vel heredem relinqueret; tunc potiri deberet juxta

---

[1] Das Stadtrecht von Dießenhofen von 1260, welches ich in Abschrift (fasc. 22 der Manuscripte unserer Bibliothek) vor mir habe, sagt mit Beziehung auf die Schultheißenwahl: „Item dominus noster nobis „scultetum praeficiet, tam sibi, quam civibus competentem. Ita tamen, ut si in eligendo ipsum con„cordes fuerimus, sin autem non, tunc Dominus noster pro suo arbitrio, quemcunque voluerit, accep„tabit." Weiter unten kommt folgender Passus vor: „Item nullus Miles ad jus civile recipiatur nisi de communi consensu burgensium". Dießenhofen hatte Freiburger (Kölner) Recht; bei Schöpflin Urkunde V. p. 55 sagt das Freiburger Recht von 1120: „Nullus huminum vel ministerialium Domini in civitate habitabit; nec jus habebit burgensium, nisi de communi consensu civium, ne quis burgensium illorum testimonio possit offendi, nisi Dominus civitatis liberum eum dimiserit.

[2] Forefactum, forfactus ist in den leges francorum salicae Eccard. (1720) interpretirt durch privatus. Es ist das französische forfait. Forfaire un fief (vide Dict. de l'Acad. de l'an VII.); man vergleiche die Uebersetzung bei Troll: „Eingriff in die Hoheitsrechte". Ich glaube es allgemeiner nehmen zu müssen.

consilium civium suo jure. Item silva (m) dictam Eschaberch eo jure communi, quod volgo dicitur gemeinmerche, quemadmodum hactenus ab antiquo fuisse dinoscitur, in usum ville cedet abhinc in antea memoratae [1]. Item nullus dominus debet ratione proprietatis, quam habet in suos proprios homines in predium eorundem, situm infra metas predictas, ad quas extenditur jus fori, succedere tamquam heres. Item quicunque in predicto loco se receperint, cotrahendi matrimonialiter, viri cum uxoribus et converso, ubicunque placuerit, filios et filias suas legitima coniunctione copulandi, ad quemcunque locum voluerint, disparitate conditionis et dominii non obstante, plenam habent et liberam potestatem. Item quia scimus, predictam civitatem ratione divisionis super hereditate quorundam bonorum a nostris antecessoribus factae debere persolvere centum libras; fixo tenore decrevimus, quod homines, infra metas eiusdem civitatis permanentes, ratione stipendii nobis et nostris successoribus semel in anno, videlicet in festo Beati Martini centum libras monete turicensis et non amplius dare debent. Insuper ad nos et nostros successores eiusdem civitatis officia debent simul et judicia pertinere. Item quicunque civis est vel erit in predicto loco, si idem a suo domino, in patria existente, cui ratione servilis conditionis proprie dicitur attinere, infra annum et diem unum pro nullo servitium requisitus, tunc abinde in posterum nulli domino servire tenetur, nisi qui prenominatam in firma possessione tenuerit civitatem [2]: Hoc tamen addito, quod sine illius voluntate, qui iam dictam civitatem in sua tenuerit potestate, quemquam in civem recipere non debemus [3]. Item a gratia domini iam dictae civitatis nullus meretur excludi, nisi qui fraudem et perfidiam enormem vel homicidium perpetraverit, aut qui alium excecaverit, vel in aliis membris mutilaverit, aut qui tale nefas horrendum commiserit, quod volgo dicitur mort, vel aliud, quocunque nomine nuncupetur, quod huic fuerit equipollens. Item qui alium armata manu volneraverit, aut quinque libras persolvet aut manu truncabitur pro emenda; qui autem alias insolentias vel contumacias fecerit, que fuerint per iudicium emendande aut cum pena trium librarum satisfaciat, aut memoratam civitatem per annum integrum evitabit. Item mee voluntatis est, quod castrum montis adiacens prefate ville numquam debeat reparari. Huius rei testes sunt: Chuonradus de Tengin,

---

[1] Die Urkunde für Dießenhofen enthält keine Einräumung eines Gemeinmerches; dafür aber: „Item praedictos cives participes esse concedo in pascuis, in fluminibus, in nemoribus, in silvis, quando lignorum meorum ad aedificandum aliquid necesse habeant, tamen a me vel a sculteto hoc petere debent.

[2] Das Stadtrecht von Dießenhofen (von 1260) sagt: „Item quemcunque cives in burgensem receperint, et ille per annum et amplius residerit, et a suo domino intra provinciam existente, non fuerit proclamatus, hic deinceps fruetur civium libertate. Si autem dominus superfugii servi fuerit ignarus, extra provincia existente, nihil sibi juris deperibit. Vergl. das Wildfangsrecht in v. Maurer Geschichte der Fronhöfe ꝛc. II. p. 96 und die Freiburger Urkunde bei Schöpflin: „Quicumque in hac civitate diem et annum nullo reclamante permanserit, secura de cetero gaudebit libertate.

[3] Die Urkunde redet hier plötzlich vom Standpunkte der Winterthurer aus. Dieser Schreibfehler bietet einen treffenden Beweis für unsere Behauptung, daß dieser Urkunde eine gerichtliche Untersuchung und Verhandlung voranging. Die Einleitung der Gerichte ward nämlich gebildet durch die sogenannte Offnung d. i. Eröffnung. Der Vorsitzende fragte die versammelten Gerichtsgenossen an, was Rechtens sei an ihrem Orte, und auf diese Frage antworteten die Versammelten der Reihe nach. So floß dann der hier in Frage kommende Satz als lapsus calami des Schreibers gerade in der Fassung in die Urkunde, wie er von einem Angefragten eröffnet worden war. Vergl. Bluntschli zürch. Staats- und Rechtsgesch. I. p. 215.

Chuono de Tüfin, Henricus de Huomelinkon, Nobiles. Johannes de Bluomenberch, Uolrich de Hettlingen et . . . frater suus dominus Dapifer de Diessenhoven, Ba. de Wida. R. quondam advocatus in vrowenveld, Nicolaus de Girsperg, milites, et quamplures alii, quorum nomina, ne fastidium generent, sunt ommissa. Ut autem ea, quæ prefate civitati seu civibus in ea commorantibus indulsimus, non solum apud Nos, verum etiam apud nostros successores firmiora permaneant, nec violari possint, nec debeant in futurum, presens cirographum super hoc contulimus nostri sigilli karactere communitum. Acta sunt hec anno Domini MCCLXIIII decimo Kal. Julii. Indictione septima*.

---

* Der Wortlaut des Textes ist genau nach der Originalurkunde copirt; die Interpunction wurde zum großen Theil vom Verfasser beigefügt, um das Lesen und das Verständniß des Textes zu erleichtern.

IV.

Sachliche Erläuterungen zu dem Stadtrechtsbriefe Rudolfs von Habsburg.

1. Der Friedkreis.

Wenn in den alten Zeiten Gericht gehalten wurde, so geschah dies unter freiem Himmel auf einer in der Regel bestimmten Stätte. Dabei wurde ein Platz mit Pfählen oder irgend einer andern Umzäunung für den Vorsitzenden und seine Schöffen oder Mitrichter abgesteckt. Durch diese und jede Umzäunung wurde die eingeschlossene Stätte von der Umgebung als eine gesonderte ausgeschieden, die ihren besondern Frieden haben sollte, d. h. ungestraft nicht verletzt werden konnte. Daher ging einer jeden Gerichtssitzung eine eigenthümliche feierliche Handlung voraus, durch welche der Gerichtsfrieden, d. h. der ungestörte Fortgang des Gerichtes geboten und Jeder mit dem Banne bedroht wurde, der es wagen sollte, den Gerichtsfrieden zu stören. Man nannte diese Handlung entweder nach jener Umzäunung des Gerichtsplatzes „das Gericht hegen (hägen)“, oder nach dieser Androhung „das Gericht bannen“ [1]. Eine ähnliche Bewandtniß hatte es mit dem Friedkreise eines Dorfes (Etter) oder einer Stadt. Derselbe ist zunächst als ein von der Umgebung Gesondertes, mit eigenem Rechte und Gesetze Begabtes geschieden und durfte ferner nicht ungestraft von Auswärtigen verletzt werden. Die Sonderung ging soweit, daß ein und dasselbe Vergehen ganz verschieden beurtheilt wurde, je nachdem es innerhalb oder außerhalb des Friedkreises begangen wurde. Auch in Schuldsachen waren die innerhalb des Friedkreises liegenden Güter der Bürger scharf von solchen getrennt, die außerhalb desselben lagen, sie waren unter besondere rechtliche Bestimmungen gestellt und genossen eines besonderen Schutzes [2].

---

[1] In diesem Sinne sprechen wir noch von den Gerichtsschranken (barreau) und von dem Gemeindebann (banliene). Eine Fläche Landes mit einer Hecke, einem Zaune oder einer Mauer umgeben heißt darum heutigen Tages noch einfriedigen. Selbst jedes Haus hatte seinen Friedkreis; so heißt es in dem Winterthurer Stadtrechte von 1297: „Wir hain och ze recht umb die hainsuoch (Heimsuchung), swer der ist, der den andern frevenlich haime suochet, inrunt drien fussen vor siner tür sines huses, der het verschulbet en hainsuochi und sol die buessen mit drin pfunden dem Cleger und unserm herrn och mit drin pfunden“.

[2] Winterthurer Stadtrecht von 1297 und 1485. „Swer och der ist, der ze gaste gegeben wirt über den hat der cleger gewalt, das er ime sin guot nemen mag swa er es vindett usserünt dem fribecraisse, swas er aber sines guotes vindz inrünt dem fribecraisse, das sol er nüt selbe nemen, ime sol es geben der schulthaisse oder sin knecht“.

Was die Grenzen des Winterthurer Friedkreises betrifft, so haben wir als Quelle das Neujahrsblatt der Feuerwerker-Gesellschaft in Zürich vom Jahre 1814, welches — wie wir mit Grund annehmen können — einen unter Zuzug von Winterthurer Sachkundigen entworfenen Situationsplan von unserer Stadt und ihrer Umgebung nach den Verhältnissen von 1292 enthält. Nach demselben ließen sich die Grenzen des Friedkreises etwa folgendermaßen feststellen: „vom oberen Thore bis in die Gegend, wo jetzt das „gelb Hüsli" steht, von da bis zum heiligen Berg. von da zur Blumenbleiche, wo wahrscheinlich der „Wibebrunnen" sich befand, von hier bis zur Brücke über die Eulach gleich beim untern Thore[1] und von da über St. Georgen hinaus bis an den Fuß des Limpergs und im Halbkreise zurück bis zum Oberthor. Das Landgericht, wo die spätere Hauptgrube war, in dem Winkel der St. Galler und Frauenfelderstraße, lag außerhalb des Friedkreises in der Grafschaft Kyburg. Daher erklärt es sich wahrscheinlich, warum in dem oben mitgetheilten Kyburger Urbar der Anbau des Landes vor dem oberen Thore einen eigenen Abgabeposten bildet.

Diesem Friedkreise wird in unserer Urkunde das Marktrecht verliehen, d. h. das Recht, daß in demselben Märkte (Wochen= und Jahrmärkte) abgehalten werden durften: „Märkte von allerlei burgerlicher Hanthierung, welche den Städten zuständig seynd"[2]. Mit dieser Verleihung ging ein Theil der ehemaligen grundherrlichen Rechte an die Stadt über, das Recht, Zölle zu erheben, Maß und Gewicht zu bestimmen, die Marktpolizei zu handhaben und für die Sicherheit des Verkehrs überhaupt selbstständig zu sorgen. So wichtig diese Rechte sind, so reichten sie doch noch nicht hin, um Winterthur zu einer Stadt zu machen, denn auch die Marktflecken hatten solche Rechte. Wichtiger ist schon die Ausnahme der Bürger vom Fallrechte[3], durch welche der letzte Schein der Hörigkeit getilgt und die Bürger dem Stande der Freien näher geführt wurden, den sie durch den zweiten Brief Rudolfs von 1275 erreichten. Aber das, was unsere Urkunde zum Stadtrechtsbriefe macht, liegt besonders in dem Umstande, daß sie der Sitz eines eigenen Gerichtsstandes wurde, welchen selbst der Oberherr anerkannte, indem auch er die Schuld oder Unschuld eines angeklagten Bürgers vor dem städtischen Gerichte unverkürzt untersuchen zu lassen und sich mit dem Ausspruche desselben ohne den Vorbehalt einer Appellation zu begnügen sich verpflichtete. Hierher gehören dann auch die Grundzüge des Erbrechts, des Rechtes, sich frei zu verehelichen[4], der Aufnahme neuer Bürger, endlich auch die Grundzüge des Criminalrechts, welche in der Urkunde enthalten sind. Auf diesen Grundlagen und den hergebrachten Rechtsgewohnheiten bildete sich dann

---

[1] Diese ist der Dictsteg der Urkunde d. h. die Volksbrücke, die Brücke der Heerstraße nach Zürich, jenseits welcher diese Straße gerade nach Süden führte.

[2] Knipschild Tractatus politico-historico-juridicus de civitatum imperialium juribus et privilegiis. Ulm. 1687. Er fährt fort: Et in Germania vulgo mercatus Marktflecken dicuntur, qui criminalem jurisdictionem, ejusque signa propria habent, welche eigne Halßgericht, Stock und Galgen haben."

[3] Man vergl. Troll Gesch. d. Stadt Winterthur V. p. 5. Anm.

[4] Auch in diesem Zugeständnisse liegt ein theilweises Aufgeben der grundherrlichen Rechte, vermöge deren den Hofhörigen untersagt war, mit Genossen anderer Höfe in eheliche Verbindung zu treten. Eine solche Ehe konnte vom Grundherrn wieder aufgelöst werden. Die Ehegatten verloren die Hofrechte, ihre Hofgüter und konnten nur durch neue Aufnahme in einen Hofverband wieder zu diesen Rechten gelangen. Ihre Kinder gingen des Erbes verlustig. Dies nannte man „ungenoß werden, Ungenoßame". Vergl. Maurer Geschichte der Fronhöfe ꝛc. III. 153.

ein eigenes Winterthurer Stadtrecht aus, wie wir es in der Urkunde von 1297 finden, welche Schultheiß und Rath von Winterthur denen von Mellingen gaben, als diese sich um die Mittheilung desselben an jene wandten[1]. Erst diese Errungenschaften, die noch durch den zweiten Brief von 1275 gemehrt und erweitert wurden, legten den Grund zu dem städtischen Gemeinwesen von Winterthur.

2. Der Schultheiß.

Daß in unserer Urkunde eines Rathes nicht erwähnt ist, mag sich daraus erklären lassen, daß derselbe zu den alten herkömmlichen Einrichtungen gehört, welche neben den neuen Zugeständnissen fortbestanden. Derselbe scheint nämlich aus den Schöffen des Hofgerichtes entstanden zu sein: schon die Zahl seiner Mitglieder (7 oder 8) spricht für diese Annahme[2]. Es mag jedoch auch sein, daß erst die städtischen Verhältnisse es erforderlich machten, eine eigene leitende Behörde zu haben, in deren Händen die Verwaltung, die Polizei und das Gericht lag. Der Mangel an urkundlichen Belegen setzt uns außer Stand, hier Bestimmtes zu vermuthen oder nachzuweisen. Das aber liegt in der Natur der Sache, daß durch die Erwerbung des Marktrechtes, durch die erweiterten Lebensverhältnisse überhaupt und durch die immer stärker hervortretende Einführung der Handwerke und Gewerbe in den Kreis der städtischen Berufsarten insbesondere der Geschäftskreis und die Bedeutung des Rathes sich erweitern und denselben zu einer höhern Stellung führen mußte. Wo so viele neue Verhältnisse den ältern Einrichtungen einzufügen waren, mußte zu der althergebrachten Thätigkeit des Rathes allmälig eine neue, eine gesetzgeberische hinzutreten, welche, wenn auch nur auf innere und untergeordnetere Verhältnisse beschränkt, doch dieser städtischen Behörde und dem ganzen Gemeinwesen eine erhöhtere Selbstständigkeit brachte.

Den ersten Schultheißen von Winterthur finden wir in der oben angeführten Urkunde vom Jahre 1230[3] (A scultetus) und ohne Zweifel haben wir es hier mit einem einfachen Beamten der Grafen von Kyburg zu thun, welcher im Namen des Grundherrn die Verwaltung der Höfe beaufsichtigte, die Gefälle bezog und an seiner Stelle die niedere Gerichtsbarkeit übte. Nicht unwahrscheinlich ist es, daß das Amt des Schultheißen ein Lehen war oder allmälig ein solches wurde, da, wie von andern Lehen, nach dem oben angeführten Kyburger Urbar vom Schultheißenamt eine eigene Abgabe geleistet werden mußte; was sich jedoch auch erklären ließe, wenn der jeweilige Schultheiß, wie anderwärts der Meier, für seine Amtsführung und seine gehobenere Stellung von der Herrschaft eigene Schultheißengüter zur Benutzung erhalten hätte. Unsere Stadtrechtsurkunde faßt das Amt als ein Lehen der Herrschaft auf, und zwar durch den Ausdruck: „Ueberdies sollen die Aemter, sowie auch die Gerichte derselben Stadt uns und unsern Nachkommen zustehen“. Darin aber tritt die Urkunde dann wieder aus dem starren Begriff des Lehens heraus, daß sie den Schultheißen zu wählen und den Bürgern einen gewissen Einfluß auf die Wahl

---

[1] Siehe Bluntschli Staats- und Rechtsgesch. von Zürich I. p. 491.

[2] Den ältesten Rath treffe ich bei Laurenz Boßhard; er ist von 1297 und besteht außer dem Schultheißen aus sieben Mitgliedern. Das älteste Siegel, ein zweigetheilter Schild, führt im unteren Felde einen aufwärts springenden Löwen mit der Umschrift: R. sculteti et civium de wintertur. Ein anderes altes Siegel, welches in einer Copie vorliegt und zu einer Urkunde von 1374 gehört, führt als Umschrift um das Stadtwappen mit den zwei Löwen die Worte: Sigillum Consulum i. Wintertur; ein drittes: Sigillum civium de W.

[3] Siehe oben II. Note.

gestattet. Wir übersetzten (de communi consilio civium) nicht, wie es bisher geschah, „durch einen allgemeinen Beschluß der Bürger", sondern „mit allgemeiner Zustimmung der Bürger". Zur Rechtfertigung dieser Uebersetzung ist vor allen Dingen die Vorschrift des Dießenhofener Stabtrechtes anzuführen [1], welche wörtlich also lautet: „Ferner soll uns unser Herr einen Schultheißen setzen, der sowohl ihm, als ben Burgern genehm ist. Doch so, daß wir in der Wahl besselben mit ihm übereinstimmen, ist bies nicht der Fall, dann wird unser Herr nach eigenem Gutbünken einen nehmen, welchen er will". Wir können weiter eine Urkunde von der kyburgischen Stadt Burgborf vom Jahre 1273 anführen, in welcher von einem Wechselverhältnisse ähnlicher Art zwischen der Herrschaft und den Bürgern der Stadt die Rede ist [2]. Endlich erlangte selbst Freiburg im Breisgau, die Musterstadt für viele bürgerlichen Gemeinwesen, erst 1316 eine freie Wahl ihrer Obrigkeit [3]. Nach dem Wortlaute unserer Urkunde ist es ungewiß, wer den Schultheißen wählte und wer ihn zuließ. Dürfen wir uns da einen Schluß nach Analogie erlauben, so mag es so hergegangen sein, daß die Bürger der Herrschaft zwei bis vier ihrer Mitbürger vorschlugen und daß die Herrschaft einen davon auswählte und mit dem Amte belehnte. Daß die Ritterbürtigen von dem Schultheißenamte ausgeschlossen waren, geht theilweise schon aus der oben gegebenen Art der Entstehung besselben hervor. Der Stanbesunterschied zwischen biesen Ritterbürtigen (milites, ministeriales) findet sich im Stadtrechte von Dießenhofen, welches ausbrücklich sagt, daß kein Ritter ohne die Einwilligung der Bürger in's Bürgerrecht aufgenommen werden bürfe. Ueber den Grunb und die Anschauung, welche zu bieser Verordnung mitwirkten, gibt das Stabtrecht von Freiburg im Br. ben nöthigen Aufschluß [4], indem es sagt: „Keiner der Mannen ober Dienstleute (ministerialium) des Herrn sollen in der Stadt wohnen, noch das Bürgerrecht besitzen, außer mit allgemeiner Zustimmung der Bürger, auf baß keiner der Bürger durch ihr Zeugniß gekränkt werden könne [5]; mit Ausnahme, wenn der Herr ihn freigelassen hat". Die Ministerialen wurden also wegen ihres Dienstverhältnisses zu der Herrschaft unfrei und waren beshalb zu den Bürgern „ungenoß", so baß sie nicht einmal Zeugniß gegen sie ablegen konnten, und solchen Unfreien konnte doch die hohe Stellung im bürgerlichen Gemeinwesen unmöglich zugetheilt werden, ohne das bürgerliche Selbstgefühl auf's Tiefste zu verletzen. Aehnliches fanb in Winterthur statt [6]. Daß die Bürger von Winterthur immer nach größerer Selbstständigkeit und

---

[1] Siehe oben III. Note zum lat. Texte.

[2] Urkunde bei Kopp Urk. II. p. 135.
Et hec sunt iura statuta que ipsis duximus confirmanda, quod nos annuatim semper in festo beati Iohannis Baptistae de consilio et voluntate Civium eis scultetum dare debemus, qui nobis et Civitati videbimus expedire etc. Unb weiter unten: Item Scultetus datus vel institutus, si eum ydoneum viderimus, potest quotquot annis nobis placuerit in officio permanere.

[3] Ersch und Gruber Encykl. Art.: Freiburg im Breisgau. Im Stabtrechte der Stadt: Scultetum, Lictorem, pastorem, quem burgenses annuatim elegerunt. Dominum ratum habebit et confirmabit; ein in jeder Hinsicht bestimmterer Wortlaut als in unserer Urkunde.

[4] Siehe oben Anm. zum lat. Texte des Stabtrechtsbriefes. Anm. a. E. Vergl. Troll Gesch. der Stabt Winterthur. V. p. 82.

[5] Im Freiburger Stabtrechtsbrief heißt es: Nullus extraneus testis erit super burgensem, sed tantum burgensis super burgensem.

[6] Man vergl. was Bluntschli über biesen Punkt zur Begründung anführt. Staats- unb Rechtsgesch. v. Z. I. p. 185. Vergl. zugleich was oben am Schlusse von I. gesagt ist.

Unabhängigkeit strebten, wie es im städtischen Geiste der damaligen Zeit lag, geht aus den inneren Kämpfen hervor, von denen der älteste Chronist von Winterthur, Johannes Vitoduranus, Folgendes schreibt: „In demselben Jahre (1342) brach in der Stadt Winterthur ein gewaltiger Streit der Bürger dermaßen aus, daß die Bürgerschaft im wüthenden Anlauf mehrere aus den Vornehmsten vertrieb, so daß sich diese, einige Monate lang aus der Stadt verstoßen, an verschiedene Orte begaben und mit Unmuth auf die Rückkehr warteten. Es soll aber ihre Bosheit, die von ihnen auf vielerlei Weise verübt worden sei, dies verursacht haben" [1]. Dieser Vorfall, obgleich jenseits der Zeit liegend, welche wir uns zu beleuchten vorgesetzt haben, ist mit Bezug auf die Stellung des Schultheißen deshalb wichtig, weil wir im Besitze einer Urkunde sind, durch welche diese Mißhelligkeit ausgeglichen wurde [2]. Königin Agnes, die damals in Königsfelden lebte und mehr als einmal als Richterin in den Angelegenheiten ihres Hauses auftrat, that auch hier den Spruch, welcher an seiner Spitze den Befehl trägt, daß der österreichische Landvogt im Thurgau den Winterthurern einen Schultheißen geben soll, „bis sich Herzog Albrecht anders bedenke, wen er ihnen gebe." Daß der Spruch sich in erster Linie nicht mit der Bestrafung derer beschäftigt, welche das Schloß Wellenberg zerstört und dabei einen Mord begangen hatten, — wie dies weiter unten geschieht — sondern sich zuvorderst über die Besetzung des Schultheißenamtes ausspricht, darf gewißlich dahin gedeutet werden, daß die Art und Weise, wie dieses Amt bisher besetzt wurde, die Ursache zu dem Streite gewesen war, welche durch den Spruch gründlich beseitigt wurde. Die Bosheit, von welcher Vitoburan spricht, dürfte wahrscheinlich auf der Seite derer gesucht werden, welche, der Herrschaft treu ergeben, sich denen widersetzten, die eine freiere Wahlart anstrebten. Was uns diese Anschauung plausibel macht, ist der Umstand, daß dieselbe Urkunde von unbefugten Bündnissen spricht, welche abgeschlossen worden waren und zur Erzeugung des Streites mitgewirkt hatten [3]. Hieraus leuchtet denn doch hervor, daß die Stadt nach dem größeren Rechte, Bündnisse einzugehen, strebte, und daß sie — wie dies auch anderwärts geschah — solche abschloß, ohne die Genehmigung des Landesherrn einzuholen. Welcher Art diese Bündnisse waren und wohin sie zielten, können wir nicht nachweisen [4]. Es läßt sich durch die Protokolle des Rathes von Winterthur belegen, daß die

---

[1] Uebersetzung von Vitodurans Chronik durch Herrn Pfarrer Freuler im Neujahrsblatt der Bibliothek von Winterthur 1862. p. 240. Im Texte des Original, Ausgabe von G. v. Wyß lautet die Stelle: „Anno eodem in oppido Wintertur discensio civium prevalida orta est tanta, quod communitas de pocioribus plures cum furore et inpetu expulit, ita quod per menses aliquot eliminati de oppido in diversis locis se receperunt, exspectantes cum tedio regressum. Malicia autem ipsorum perpetrata ab eis multimoda hoc exegit ut fertur.

[2] Urkunde von 1342 an sant Laurentien abent im hiesigen Stadtarchiv lautet: „Wir spreche öch dur bessern fride und für kunfvs uflöffe uñ schaden so unserm bruoder von der stat danen komen möchten, daz unser getrewer heinrich von ysenburg der lantvogt üch einen schultheissen geben soll untz sich unser bruder anders darumbe bedenket welchen er üch gebe."

[3] In der gleichen Urkunde heißt es: „Wer öch daz ieman innan wurde daz ieman solich v̄buntnusch tun wölte ad' tribi d sol ez wēden bi dem eidt so er gesworen hat alz er vmag, mag er ez ab nicht gewēden so sol er ez dem rate uñ dem vogt kunt machē daz ez die wenden, wan dise uflöffe von söliche sachē beschechen sint.

[4] Die Zeit, in welche dieser Vorgang fällt, ist diejenige, die durch das Streben der Handwerkerzünfte nach politischer Geltung sich charakterisirt. Selbst aber, wenn unter diesen Bündnissen nichts Anderes zu verstehen wäre, als die Bildung von Innungen und Zünften, so bliebe doch unser Raisonnement über die Bedeutung des Auflaufes im Allgemeinen richtig.

Mitwirkung des österreichischen Landvogtes bei der Besetzung des Schultheißenamtes erst 1415 aufhörte, wo Hans von Sal der erste Schultheiß war, der ohne eine landvögtliche Genehmigung regierte [1]. Winterthur wurde in Folge des Concils zu Constanz zur Reichsstadt, der jeweilige Schultheiß der Stadt erhielt die hohe Gerichtsbarkeit, d. h. das Recht, über das Blut zu richten, und mit diesem Anschlusse an das Reich und diesem hohen Rechte war die Stadt aller Bande der Grundherrschaft ledig und ein vollständig freies unabhängiges Gemeinwesen geworden. Als die Stadt später wieder an Oesterreich kam, änderten sich die inneren und äußeren Verhältnisse der Stadt nur im vortheilhaften Sinne (1442), indem alle bisher erworbenen Rechte und Freiheiten Bestand behielten, der Friedkreis erweitert und das Dorf Hettlingen vollständig zu Winterthur geschlagen wurde.

------

[1] Excerpta aus dem Rathsprotokoll von 1405—1460 in der Sammlung des Schultheißen Joh. Sulzer.